古诗带你去探秘

美绘版 第四册

DOWEL 东幻创作中心 编著

华东师范大学出版社

上海

图书在版编目（CIP）数据

古诗带你去探秘 : 美绘版. 第四册 / DOWEL东幻创作中心编著. -- 上海 : 华东师范大学出版社, 2021
ISBN 978-7-5760-1565-2

Ⅰ. ①古… Ⅱ. ①D… Ⅲ. ①古典诗歌－诗集－中国－儿童读物 Ⅳ. ①I222.72

中国版本图书馆CIP数据核字(2021)第064383号

古诗带你去探秘（美绘版·第四册）

编　　著	DOWEL东幻创作中心
插　　图	DOWEL东幻创作中心
策　　划	DOWEL东幻教育科技有限公司
责任编辑	宣晓凤
责任校对	时东明
装帧设计	DOWEL东幻创作中心

出版发行	华东师范大学出版社
社　　址	上海市中山北路3663号　邮编 200062
网　　址	www.ecnupress.com.cn
电　　话	021-60821666　行政传真 021-62572105
客服电话	021-62865537　门市(邮购)电话 021-62869887
地　　址	上海市中山北路3663号华东师范大学校内先锋路口
网　　店	http://hdsdcbs.tmall.com

印 刷 者	上海普顺印刷包装有限公司
开　　本	889×1194　16开
印　　张	6.75
版　　次	2021年8月第1版
印　　次	2025年4月第11次
书　　号	ISBN 978-7-5760-1565-2
定　　价	40.00元

出 版 人	王　焰

前 言

  提起中国传统文化，古诗词大概是绕不开的，它是古人对当时生活以及自身情感表达的重要载体之一，也极有可能是孩子们最早接触到的传统文学形式。但是，要让学龄前的孩子去理解古诗的意境，很难；而如何记住这些古诗，也很难；于是，"DOWEL东幻创作中心"应运而生！

创意画面

运用符合孩子审美的视觉插画手法，紧密结合古诗的故事和意境，创造出充满想象力的画面，提升孩子的审美和想象力。

审美　联想　创意　思考　科学　逻辑　传统　美德　文化

STEAM理念

结合科学(Science)、
科技(Technology)、
工程(Engineering)、
艺术(Art)、
数学(Mathematics)
知识和技能的学习模式，
拓展孩子的视野，
帮助其了解身边的世界。

传统诗词

通过生动的画面和游戏,将传统文化知识与现实生活紧密联系,帮助孩子巩固记忆。

所以这套书给小朋友提供的是： 传统诗词 ＋ 创意美学 ＋ STEAM理念

  这套书跳脱传统思路，将古代诗词和现代STEAM理念相结合，用简单的语言、符合现代审美的画面，让孩子们直观生动地感受古代和现代生活的不同，同时还将两者合理融合在一起，让孩子们在了解科学发展过程的同时，也鼓励他们像历代诗人那样，对未知领域充满好奇和想象。

亲 爱 的 小 朋 友

你们是刚刚接触古诗还是已经在被要求背诵古诗？
有没有觉得背得小脑袋都疼了，还记不住呢？

别着急，这可不是因为你们不够努力、不够聪明。古诗里说的可都是很久很久
以前的事，用的词语也是我们平时听不到也不常见的"古文"，很多别的小朋
友也和你们有一样的困扰，比如嗷妞和沔沔。

爸爸妈妈们看到你们皱着小眉头、苦着脸的样子，也在犯愁：怎么样才能帮助
你们呢？看到你们捧着美美的绘本不肯放下，我们有了主意：
把古诗画给你们看，用你们喜欢的方式去探索一下难懂的古诗到底在说什么，
再加上有趣的STEAM小知识和游戏，这下背诵古诗就变得简单了！
还在等什么，和嗷妞、沔沔一起来看古诗吧！

注：STEAM是结合科学（Science）、科技（Technology）、工程（Engineering）、艺术（Art）、
数学（Mathematics）知识和技能的学习模式。

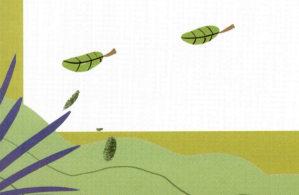

目录

江南

汉乐府

江南可采莲,

莲叶何田田。

鱼戏莲叶间。

鱼戏莲叶东,

鱼戏莲叶西,

鱼戏莲叶南,

鱼戏莲叶北。

译文:到了江南可以采摘莲蓬的时节,莲叶层层叠叠多么茂盛。鱼儿在莲叶间嬉戏。鱼一会儿在东边嬉戏,鱼一会儿在西边嬉戏,鱼一会儿在南边嬉戏,鱼一会儿在北边嬉戏。

莲 莲 莲 莲

采莲……到底是要采什么呀？

当然是莲蓬，里面的莲子可好吃啦！

莲蓬的生长过程

1 茎上长出花苞。

2 莲花开啦！

3 莲花盛开后逐渐凋谢，同时花茎顶端长出莲蓬。

4 莲花完全凋谢，露出整个莲蓬。

5 莲蓬逐渐成熟，长出莲子。

6 莲蓬中的莲子成熟，到了采摘的最佳时机。莲子可以做成莲子羹、糖莲子等各种美食。

7 没有被采摘的莲蓬逐渐枯萎。

8 凋谢的莲蓬从茎上脱落。

莲子
种皮
胚芽（莲心）
果皮

当莲子落入水中后，它的种皮持续为胚芽提供养分，待发芽后又会长出新的莲叶、莲花和莲蓬，明年的荷塘又热闹咯！

5

荷叶的特别之处！

荷叶表面长着许多毛茸茸、凸起的"小山包"，"小山包"之间的凹陷部分充满了空气，形成像保鲜膜一样的阻隔层。水滴在荷叶表面兜兜转转却无法渗透荷叶，从而达到防水的效果。水滴从荷叶上滑落的同时，还能带走荷叶表面的一些灰尘，这种防水自洁的现象被称为"荷叶效应"。

而聪明的工程师们，借鉴"荷叶效应"，发明出应用于建筑外立面的特殊涂料，防水又防尘。

空气

嘿嘿！我挡！我有荷叶盾牌，想把我衣服弄湿，可没那么容易！

啊呀，跳太高了！

你知道吗？荷叶下是鱼儿们
觅食乘凉的好去处！

一条小鱼一不小心跳到荷叶上了，在其他小鱼都躲到荷叶底下之前，
圈出那条和它长得一模一样的小鱼吧。

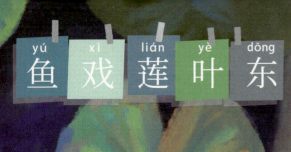
10

yú xì lián yè nán
鱼戏莲叶南

yú xì lián yè běi
鱼戏莲叶北

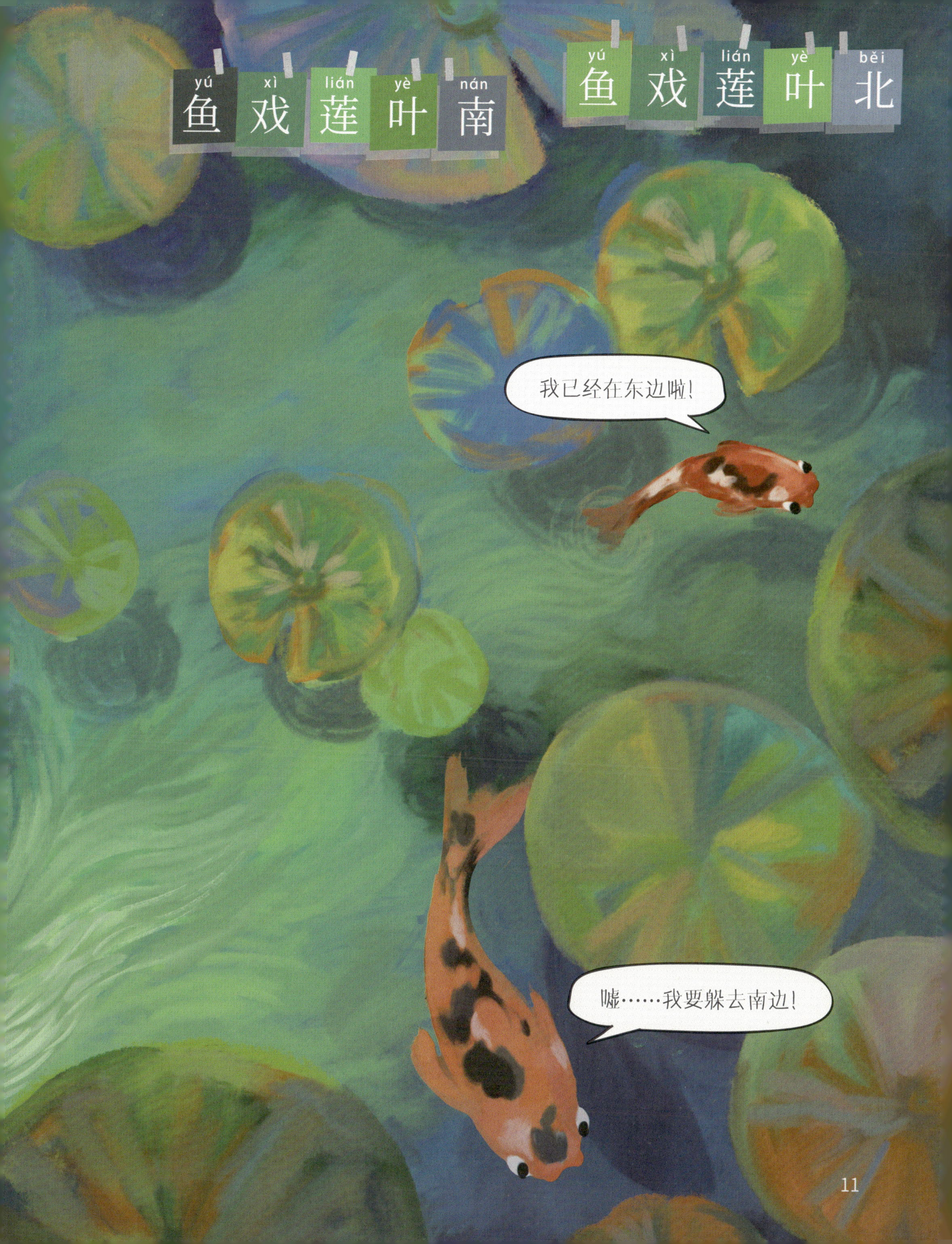

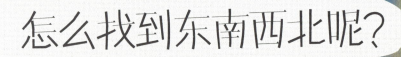

怎么找到东南西北呢?

北

东

沔沔，快来东边找我!

西

东边? 让我先找到北边，然后快背口诀: "上北，下南，左西，右东!"

南

指南针怎么用？

用法：

将指南针平稳地放在手掌上，让指针自由旋转直到稳定。红色指针所指的方向即为北方。

如何看地图？

第一步：确认自己的位置。

第二步：观察周围环境，面向地图所标示的北边。

第三步：在地图上找到目的地，念口诀：上北，下南，左西，右东。

第四步：确认目的地方向，出发！

一起做一个简易指南针吧!

金属回形针

吸铁石

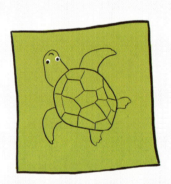
一张薄牛皮纸
尺寸: 5CM x 4CM

剪刀

水彩笔

①
画出一个你喜欢的
小动物形状。

②
把画好的小动物剪下
来放在旁边待用。

③
将回形针与吸铁石
相互摩擦,次数不少于
30 次。

④
完成!

将回形针别在小动物上。

快放在水中试试吧！

现在是早上，太阳正从东边升起，请你根据太阳的位置在下面方框里标出东、南、西、北四个方位。

实验原理：

由于回形针在磁铁上反复摩擦后，暂时具有了较弱的磁性。有了磁性的回形针，就能在地球磁场的作用下，指向南、北方向啦！

还记得口诀吗？
上北，下南，
左西，右东！

敕勒歌
chì lè gē

北朝民歌
běi cháo mín gē

敕勒川，阴山下，
chì lè chuān yīn shān xià

天似穹庐，
tiān sì qióng lú

笼盖四野。
lóng gài sì yě

天苍苍，野茫茫，
tiān cāng cāng yě máng máng

风吹草低见牛羊。
fēng chuī cǎo dī xiàn niú yáng

译文：辽阔的敕勒川，就在阴山脚下。天空看起来好像牧民们居住的帐篷一样覆盖着原野。天是青蓝色的，草原一眼望不到边。风儿吹过把草压低，就能时不时地看到一群群牛羊。

chuān

川　川　川　川

游牧民族的迁徙

　　在遇到自然灾害或特殊情况时，游牧民族就会进行迁徙。迁徙分为近距离和远距离两种。近距离迁徙是在自己部族所属的地域内选择较好的草场，也就是小范围迁徙的方式。远距离迁徙是到较远的地方，借用他乡的草场放牧，这种大迁徙往往是整个部族一起，跨越较大的地域。每一次的迁徙时间长短根据自然环境、天气情况及牲畜的体能而定。

我们是敕勒族搬家的好帮手！

敕勒川
阴山下

在阴山脚下有我们敕勒族生活的大平原，沿着河流走，牛儿羊儿就会有吃不完的草。我们出发吧！

小羊们都跟上，千万别掉队了哟！

哼！为什么羊就不用驮东西呢？

出发！我们去找下一个草场！

19

tiān sì qióng lú
天似穹庐

lóng gài sì yě
笼盖四野

敕勒川的天空像一个巨大的帐篷，覆盖着整个草原。
看！草原上还有美丽的毡帐，这是游牧民族可以移动的家！

没想到我头顶上还
有一个大帐篷啊！

穹庐，也叫毡帐。

　　毡帐，是古代游牧民族居住的一种房子，建造和拆迁都很方便，适用于牧业生产和游牧生活。我们也叫它"蒙古包"，是因为"穹庐"在满语中读作："蒙古博"，而"包"和"博"的发音接近，也更形象。

迁徙到更棒的草地啦，搭建一个毡帐吧！

毡帐主要由架木、苫毡(shān zhān，用兽毛或化学纤维编织成的毡片)、绳带三大部分组成。

1. 首先将相同粗细的柳木条用皮绳缝编成菱形网眼的网片，竖立摆放，形成圆形的围栏。

2. 把围栏与门进行连接，门框需与围栏高度相等哟！

3. 将立在地面的圆形围栏、毡帐的肩部、圆形包顶这三部分连接在一起；当框架完成后，在毡帐的肩部铺上毛毡。

牢牢固定住才不会被风吹走！

4. 最后用扣绳、毡顶、毡墙、绑带、门、门帘子等将毡帐外面包裹起来，毡帐就基本成型了。

毡帐里有什么？

　　毡帐内物品的放置可讲究了，不同的方位放置着指定的物品：正东方位，是放置锅碗、米面等物品的地方；正西方位，则放置男主人所用物品；正北方位，是放置寝具、卧具及衣物台的地方；在正南方位是门户，为了进出方便，这里不摆放物品。

25

天_{tiān} 苍_{cāng} 苍_{cāng}　野_{yě} 茫_{máng} 茫_{máng}

风_{fēng} 吹_{chuī} 草_{cǎo} 低_{dī} 见_{xiàn} 牛_{niú} 羊_{yáng}

风一吹，把草都压低了。原来草丛里藏着那么多牛羊呀！

26

登鹳雀楼

唐·王之涣

白日依山尽，

黄河入海流。

欲穷千里目，

更上一层楼。

译文：夕阳沿着山脉慢慢落下，黄河的水朝着大海奔流。想要看到远处的美景，那就得再登上更高一层的城楼。

hé
河 河 河 河

黄河

黄河是中华文明最主要的发祥地，所以我们称其为"母亲河"。
它也是中国第二长的河流。

白日依山尽
bái rì yī shān jìn

傍晚，太阳沿着山脉慢慢落下。

我要下山去休息了！

渤海入海口

黄河入海流
huáng hé rù hǎi liú

黄河的水奔腾着流进了渤海。

31

河流中的水来自哪里呢？

1 海水蒸发（气态）

水的循环

　　水在地球的状态有固态、液态和气态三种形态。水循环就是地球上不同地方的水，通过改变状态从一个地方转移到另一个地方的过程。

　　虽然约 70% 的地球表面被水覆盖，但其中适合人类日常使用的只有很小很小的一部分，也就是我们所说的"水资源"，所以大家都要节约用水哟！

33

欲穷千里目

yù qióng qiān lǐ mù

这句诗我们现在经常用来比喻：

想要达到更高的目标，就需要更努力。

山那边的景色可美了!

我的视线被山头挡住了……

你快点再爬上来一层就能看到了!

为什么黄河的水是黄色的？

水＋黄色泥沙＝黄色的水

因为黄河的中游河段流经的黄土高原全是黄土区，长期以来的风化导致黄土高原的土质松软，所以每次黄河一旦涨潮都会将两岸的黄土带入黄河水中。等到退潮后，再经过风干和伴随新的沙尘的到来，周围又形成新的土堆，这样反反复复地进行，导致黄河的水一直是黄色的。

怎么过滤脏脏的水呢？

给泥水洗澡，过滤获得清水吧！
向小朋友们提个问题：如果给你一杯脏脏的泥水，你该怎么样让它变成清水呢？
让我们一起做一个过滤泥水的科学小实验！

小贴士：

小石子过滤泥水中大的杂质，沙子过滤泥水中小的杂质，棉球过滤更加微小的杂质。这样泥水经过层层过滤后，流出来的水就变清了。

实验工具：

棉球　　泥水

白沙

小石子　　空矿泉水瓶

第一步

从中间剪开瓶子，去掉瓶盖，将上半部倒着放进瓶子下半部，用彩色胶带包裹一下剪口，避免划伤我们的小手。

第二步

将棉球、白沙和小石子按图上的顺序铺放在倒立的瓶子中。

第三步

倒入脏脏的泥水。

叠层越多水越干净！

彩色小石子

白沙

棉球，塞得紧一点

哇！水变清了！但是还没有干净到可以喝的程度哟！

石头
过滤掉水里的泥土、石粒。

沙子
过滤掉水里的生物体。

棉球
过滤掉大部分细小的杂质，棉织物塞得越紧，滴下来的水越干净。

利用这个原理可以把野外的不洁水源变成适合人们饮用的水，从而拯救了很多人的生命！

拯救生命的吸管！

地震等自然灾害发生的时候，很难找到干净的水喝，但不干净的水喝了会生病甚至致命。有人发明了过滤脏水的吸管，人们把吸管放入水源，就可以直接饮用经吸管过滤后相对干净的水！

咏柳

唐·贺知章

碧玉妆成一树高，
万条垂下绿丝绦。
不知细叶谁裁出，
二月春风似剪刀。

译文：嫩绿的柳叶把高高的柳树装扮一新，万条柳枝像是垂下来的绿丝带。不知道这细细的柳叶是被谁裁剪出来的，可能是二月的春风化作剪刀剪成的。

zhuāng

妆　妆　妆　妆

妆，就是装饰、打扮的意思，就像女生喜欢装扮自己的脸、头发，柳树也用柳条装扮自己的树枝。

> 柳树有柳条的装扮，变得好美！
> 帮我的头发也装扮一下吧！

> 让我帮你妆扮得
> 更漂亮吧！

柳树是怎么长出来的呢？

柳树有两种繁殖后代的方式：

柳絮传播

柳树在每年的4至5月份开花，柳树的种子也在这个时候渐渐开始成熟，它们一般非常细小，上面长有白色的茸毛，所以也被称为"柳絮"，柳絮会乘着春风自由飞翔，飞到遥远的地方，落入大地后重新生根发芽，就和蒲公英一样。

柳絮

我们随风飘扬，相信总会有个好归宿！

扦插繁殖

　　人们往往都在早春对植物进行扦插，这是繁殖柳树最常用的方法。柳树在扦插前，需要选择若干生长健壮的枝条，直接插入土中，插后充分浇水，经常保持土壤湿润，有条件的话还可以进行施肥哟。如果在春季扦插柳条，大概在两周就会发芽，一个月后即可移植，只要坚持对它进行呵护，等上一年，你就能收获一棵娇嫩的小柳树了！

这个柳条不错，插进土里，明年回来看看吧！

我就是10年前被路人随手一插，现在都长这么大了！这大概就是所谓的"无心插柳柳成荫"吧！

自己动手做柳枝!

固体胶　剪刀

水彩笔

皱纹纸　　绿色彩纸

1. 将棕色的皱纹纸剪成一小段一小段的。

2. 把剪好的皱纹纸展开，变成一条一条的，像搓麻绳那样，顺着一个方向徒手搓"柳条"。

3. 将绿色的长条形彩纸对折。

4. 用彩笔画出柳叶的形状，然后用剪刀剪下来。

5. 最后把剪好的"柳叶"用固体胶粘在"柳条"上。

45

赠汪伦

唐·李白

李白乘舟将欲行，
忽闻岸上踏歌声。
桃花潭水深千尺，
不及汪伦送我情。

译文：我正乘上小船准备远行，忽然听到岸上传来人们跳踏歌的声音。这桃花潭水就算有千尺那么深，也比不上汪伦为我送行的情谊深。

行 xíng

行 行 行 行

李 白 乘 舟 将 欲 行
lǐ bái chéng zhōu jiāng yù xíng

行 → 行 → 行 → 行

现代汉字，有很多是从象形文字演化而来的。上面四幅图就是"行"字的演变过程。从第一幅图来看，仿佛是一个十字路口，象形文字以形达意，所以，"行"字最初的意思是"十字路口"。

除了道路，"行"还有其他的含义，如：在路上走、行为等。而在这首诗中，"行"的意思是"远行"。

汪兄，告辞了！

忽 闻 岸 上 踏 歌 声
hū wén àn shàng tà gē shēng

突然听到岸上响起了人们跳踏歌的声音。

踏歌是什么？

踏歌是一种中国的传统舞蹈，这一古老的舞蹈形式源自民间，远在两千多年前的汉代就已经兴起，到了唐代更是风靡全国。

快跟上节奏！

跳起来！

我还能再跳两年！

踏歌

这是一种集体舞蹈，大家在跳的时候会一起手拉手或手搭着肩、以脚踏地打节拍，边走边唱，特别热闹。

湃湃和吥姐正在学习跳踏歌。

仔细观察他们的动作规律，你能猜出后面的动作应该怎么跳吗？

准备！　1　2　3　4　5　6

第6步是该重复哪个动作呢？
和我们一起跳起来吧！

准备！　1　2　3　4　5　6

接下来我们要围圈圈咯！

桃花潭水深千尺
táo huā tán shuǐ shēn qiān chǐ

不及汪伦送我情
bù jí wāng lún sòng wǒ qíng

李兄，走的第一天、
李兄，走的第二天……

想你！

汪兄，我也会想你的！

想你！

想你！

想你

想你！

你看这桃花潭水那么深，却比不上汪伦赶来为李白送行的满满情谊！

要怎么表达爱和思念呢?

当我们对一个人有很深的感情,分离的时候就会非常不舍。有很多种方法可以表达你的感情:可以像李白一样,写一首诗歌,也可以像汪伦一样,带着大家跳踏歌,你会选择用什么方式来表达呢?

赠送藏着满满心意的漂亮折纸。

写一封信。

交换心爱的玩具。

寄明信片。

还有吗?

你还能想到其他的表达方式吗?把它画出来吧!

望天门山

唐·李白

天门中断楚江开，
碧水东流至此回。
两岸青山相对出，
孤帆一片日边来。

译文：天门山被楚江冲开从中间断裂，碧绿的江水向东奔流到这里后回旋改变了去向。两岸的青山相对着耸出江面，一艘帆船从日边行驶而来。

tiān mén zhōng duàn chǔ jiāng kāi
天门中断楚江开

bì shuǐ dōng liú zhì cǐ huí
碧水东流至此回

chǔ

楚 楚 楚 楚

楚江

　　楚江,是长江的曾用名。因为在战国时期,楚国占据了整个长江流域,所以古人也称它为楚江。长江是世界水能第一大河,全长 6387 公里,在世界大河中长度仅次于非洲的尼罗河和南美洲的亚马逊,居世界第三位。

我要去旅游胜地天门山看看,要不要一起去呀?

　　24 岁的李白初出巴蜀(今日的四川),远游乘船赴江东,途经天门山所在地——当涂(今属安徽)。

长江里的珍稀动物你知道几种？

长江作为中国第一大河，是生物多样性最典型的生态河流，也是我国众多珍稀濒危水生野生动物的重要栖息、繁衍场所。很多动物都是长江特有的哟，本页图中这些珍稀动物你都认识吗？

好辛苦才游到这里！

长江江豚

长江江豚是我国特有的珍稀动物，它头部浑圆、体形流畅，弯弯的嘴角像是脸上挂着憨态可掬的"微笑"，被称为"微笑天使"。

中华鲟

中华鲟是与恐龙同时代的生物，在地球繁衍了1.4亿年，亲历了长江的形成和变迁，有"水中活化石"之称。由于数量稀少，中华鲟在1996年被世界自然保护联盟列为濒危物种。

胭脂鱼

胭脂鱼，又名黄排、血排、粉排等，属国家二级保护动物，生长于长江水系。其体型奇特，色彩鲜明，尤其幼鱼体形别致，色彩绚丽，享有"亚洲美人鱼"的美称。

快游!据说在下游会有鳄鱼出没!

中国大鲵

中国大鲵俗称"娃娃鱼"，因为它的叫声仿佛是婴儿在啼哭，是中国特有的珍稀野生动物，也是世界现存两栖类中体型最大的物种，体长可达 2 米。由于栖息地被破坏以及人为过度捕捉，目前野外种群罕见。

扬子鳄

扬子鳄是中国长江流域特有的爬行动物，有 2 亿 3 千万年的进化史，现为保护物种之一；它是世界上现存的 23 种鳄类中最濒危的物种之一，也是我国一级野生保护动物。

两岸青山相对出

liǎng àn qīng shān xiāng duì chū

动手做个小帆船！

材料准备：

枯树枝

小木片

打孔器

白纸

白胶

剪刀

细尼龙绳

彩笔

快点开始吧！

1. 将长度差不多的树枝用白胶粘成一排。

2. 将小木片平行粘在木筏的底部并用白胶固定。

3. 船身完成以后，在船身的空隙里插入树枝，并用白胶固定。

4. 用剪刀剪下(一大一小)两个直角三角形作为船帆。

5. 在两个船帆上绘制你喜欢的图案。

6. 如图所示,用打孔器在大三角形上打两个小孔。

起风了,帆船动起来啦!

7. 把尼龙绳按图所示固定好,将小三角形用白胶粘在缆绳上。

8. 把尼龙绳穿入两个小孔,将大三角形绑在树枝上。

完成之后放入水中试试吧!

fēng
风

táng lǐ qiáo
唐·李峤

jiě luò sān qiū yè
解 落 三 秋 叶,

néng kāi èr yuè huā
能 开 二 月 花。

guò jiāng qiān chǐ làng
过 江 千 尺 浪,

rù zhú wàn gān xié
入 竹 万 竿 斜。

译文:风能吹落晚秋的树叶,能吹开早春二月的花。风经过江面时能掀起千尺高的巨浪,刮入竹林的时候万棵竹子都被吹得歪歪斜斜的。

fēng

风 风 风 风

风车

风车那么大，都能被风吹动，说明风的力量很大哟！

好巨大的风车！

风是怎么形成的呢？

上升的空气因逐渐冷却变重而下降。

太阳光照射在地球表面上，使地表温度升高，地表的空气受热膨胀变轻而往上升！

这种空气的流动就产生了风。

热空气上升后，低温的冷空气横向流入。

沔沔，风好厉害，它要带我去飞啦！

姗姐，等一下！我也想跟着风去旅行！

能开二月花

néng kāi èr yuè huā

早春二月的花在微风的吹拂下慢慢绽放！

当强风经过江面时，水面会产生波动，随着风速加大和风吹时间的叠加，形成风浪。有巨浪的时候，船行驶在江面上十分危险。但合适的风浪也能带给人们快乐的体验哟，冲浪运动就是如此！

过江千尺浪
guò jiāng qiān chǐ làng

风吹过江面能掀起很高的浪呢！

跟我们一起来冲浪吧！

今天的风浪很不错哟！

别担心，竹子超有韧性的，没那么容易断！

竹子的横截面

竹子水分多纤维长，柔韧性也特别强，不仅不容易折断，而且不容易枯干。

人们根据竹子的这些特性赋予它们不同的用途：细竹或加工后的竹篾，可以用于编织各种用具及工艺品；竿型粗大的竹子，宜供建筑使用，如梁柱、棚架、脚手架等。

水分

纤维

风的力量等级！

　　气象上，通常使用蒲福风级来区分风力大小，一般将其划分为 12 个等级。在日常生活中，天气预报里对于风力也都会有相应的提示，所以出行前一定要仔细看天气预报，当出现蓝色、黄色、橙色、红色预警时，防护的时候就到咯！

蓝色警报– 强风

6 级风是强风，有呼呼声，大树枝和电线杆摇动，打雨伞行走有困难。

轻风

2 级风是轻风，树叶微有声响，人面感觉有风。

和风

4 级风是和风，树的小枝摇动，能吹起地面灰尘和纸张。

无风

0级是无风

0级

2级

4级

6级

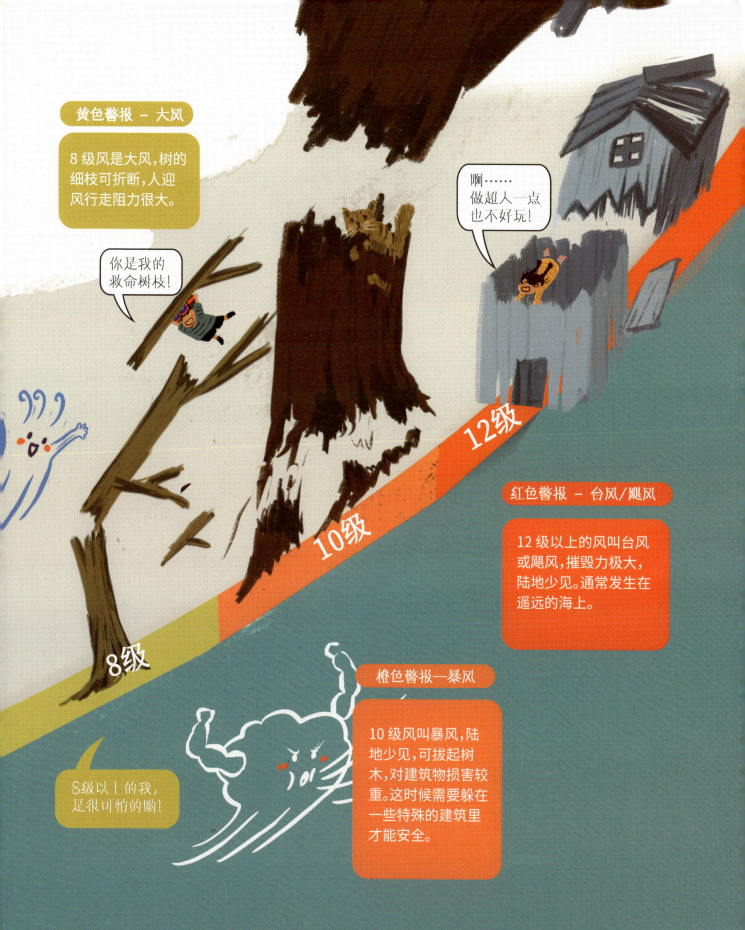

我是大力士！

风力可以
用来做什么呢？！

风是大力士，人们会利用它的力量为自己做很多事情！
比如：风车，你见过风车吗？

来做一个风车实验吧！
看怎么把风能转换成其他的用处！

实验工具：

彩纸若干 剪刀   纸杯   胶带   绳子
硬币   吹风机   竹签   吸管

大一点的圆桶，如：大的零食盒或
大号咖啡杯，建议尺寸：16CM x 8CM。

我们开始吧！

第二步：
用剪刀沿着彩纸虚线剪开，在纸的四
个角和中间点戳洞。

第一步：
将圆桶倒过来，
在底部用胶带把吸
管固定住。

第三步：
把戳洞的
那4个角折到
中间，和中间
的洞对齐。

第四步：
用竹签穿过所有的
洞，做成一个风车，风
车与竹签之间要用胶带
进行固定，确保风车
在竹签上不会滑动。

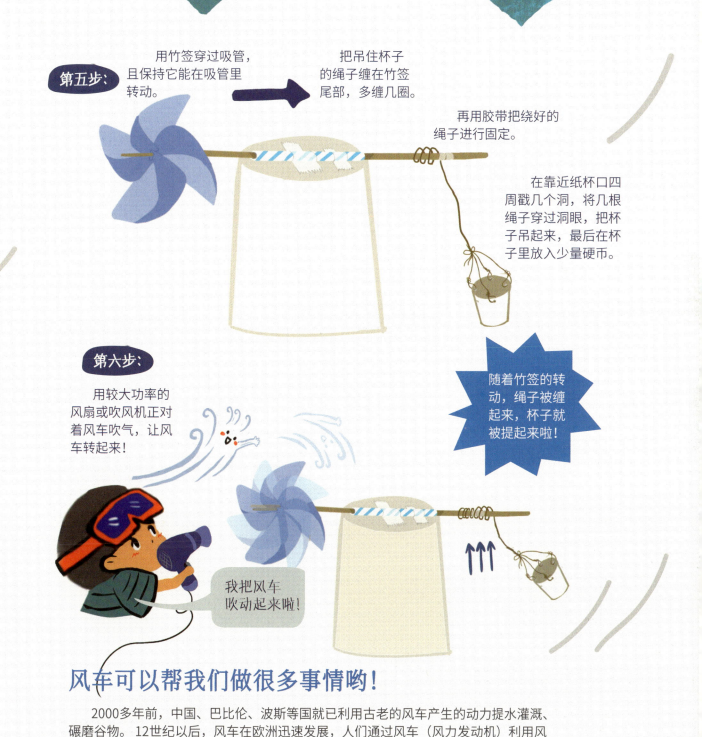

第五步： 用竹签穿过吸管，且保持它能在吸管里转动。

把吊住杯子的绳子缠在竹签尾部，多缠几圈。

再用胶带把绕好的绳子进行固定。

在靠近纸杯口四周戳几个洞，将几根绳子穿过洞眼，把杯子吊起来，最后在杯子里放入少量硬币。

第六步： 用较大功率的风扇或吹风机正对着风车吹气，让风车转起来！

随着竹签的转动，绳子被缠起来，杯子就被提起来啦！

我把风车吹动起来啦！

风车可以帮我们做很多事情哟！

2000多年前，中国、巴比伦、波斯等国就已利用古老的风车产生的动力提水灌溉、碾磨谷物。12世纪以后，风车在欧洲迅速发展，人们通过风车（风力发动机）利用风能进行供暖、制冷、航运、发电等。

古朗月行

唐·李白

小时不识月，呼作白玉盘。

又疑瑶台镜，飞在青云端。

仙人垂两足，桂树何团团，

白兔捣药成，问言与谁餐？

译文：小时候不认识月亮，把它叫作白玉盘。又怀疑它是瑶台里仙人用的镜子，飞在夜晚的青云之端。月亮上的仙人垂着双脚，桂树长得那么茂盛。白兔捣的长生不老药，到底是要给谁吃的呢？

pán

盘 盘盘盘

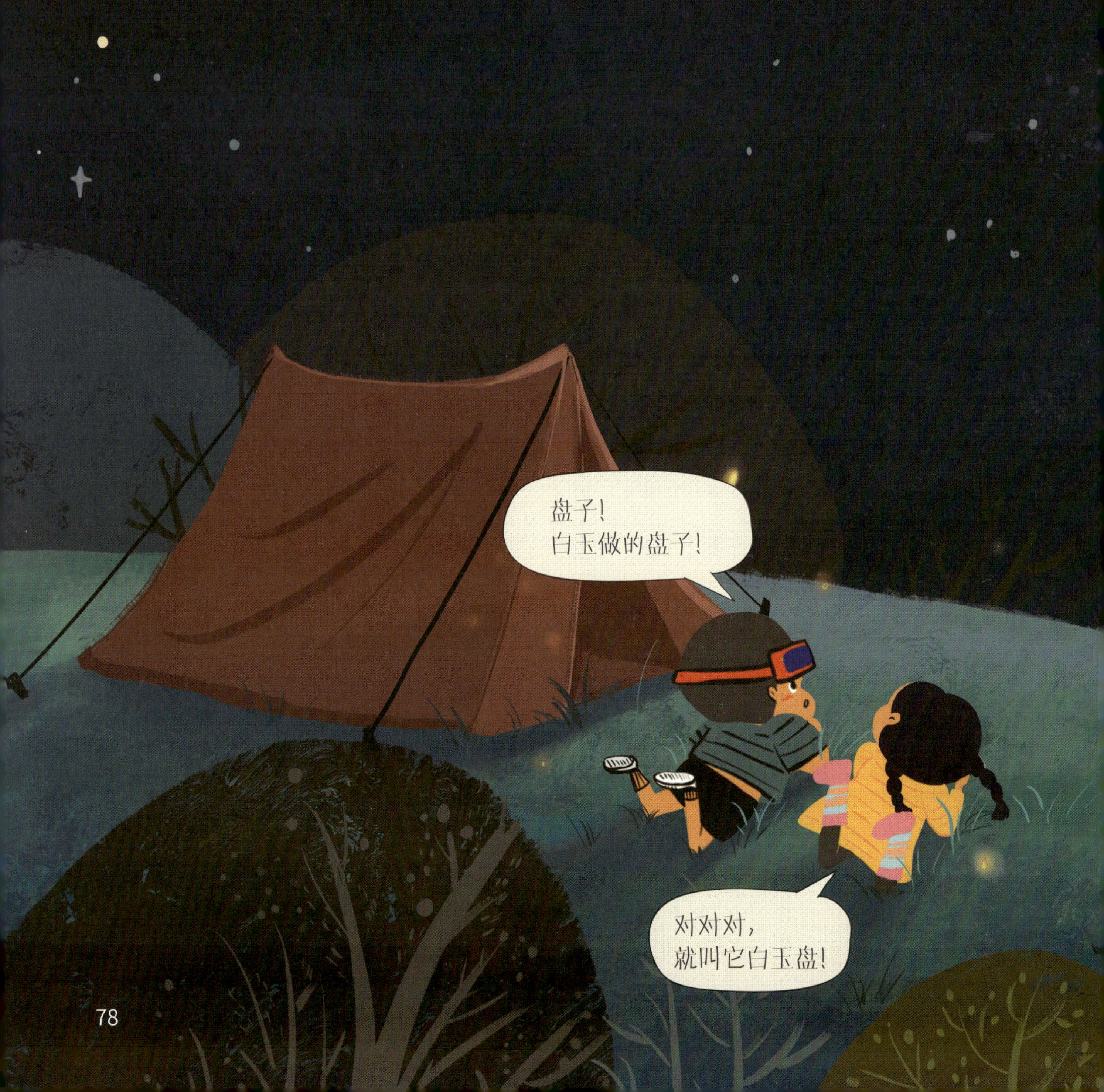

古时候人们经常把月亮比作"白玉盘",除此之外,
各朝代的人们还给月亮取了各种各样有趣的名字。

如果是你,你会给月亮取什么有趣的名字呢?

又 疑 瑶 台 镜
yòu yí yáo tái jìng

飞 在 青 云 端
fēi zài qīng yún duān

月球表面不是光滑的,所以会对太阳光形成漫反射。光线可以通过不同角度到达地球。虽然月球反射的太阳光只有 7% 能被地球接收,但人们还是可以看到月亮哟!

太阳

月球

月亮离我们地球到底有多远?

月亮离地球平均距离是 384400 千米,这个距离,如果以民航飞机的飞行速度来计算,要连续飞行 19 天才能到达哟!

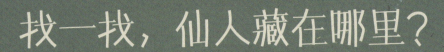

找一找，仙人藏在哪里？

大家都在荡秋千，把仙人找出来吧！

桂树全身都是宝，有极高的药用价值。在传说中，它是月亮上的"仙树"，自古以来就被人们视为吉祥树。在民间，人们更喜欢它的"贵气"，因"桂"的发音与"贵"相同，因此常用桂树来寄托对"富贵"的追求。

仙人垂两足

桂树何团团

83

bái tù dǎo yào chéng
白兔捣药成

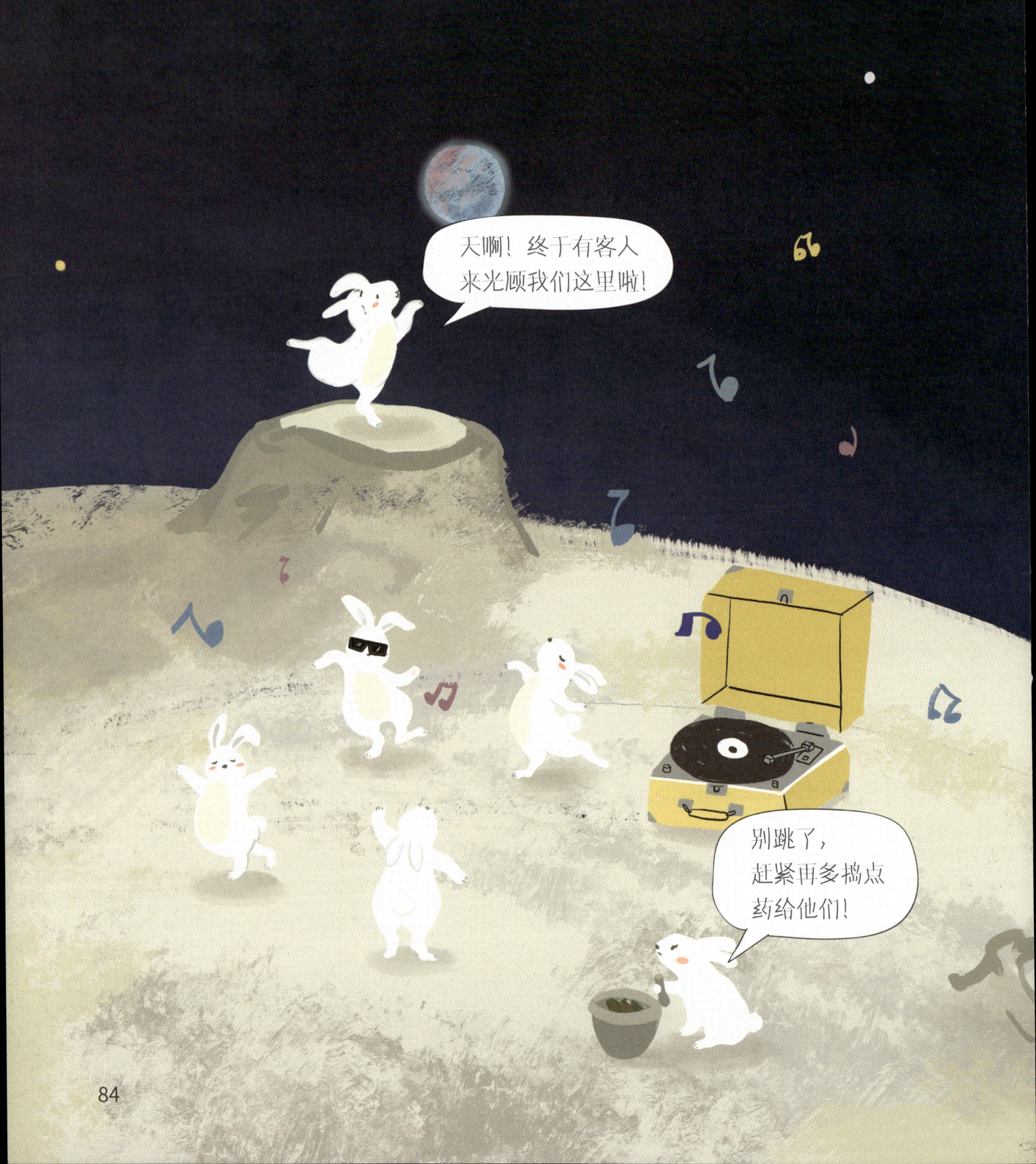

你看！白兔在捣的就是
长生不老药！

哇，好可爱！
我可以抱抱它吗？

白兔

白兔，又称玉兔，是中国古代传说中的
神兽，居住在月球上，民间传说它是嫦娥的
宠物。在月亮上负责捣长生不老药。

快来自己动手做一个月球灯吧!

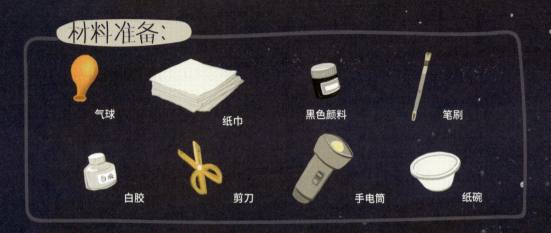

材料准备:

气球　　纸巾　　黑色颜料　　笔刷

白胶　　剪刀　　手电筒　　纸碗

1. 把气球吹起来,尽可能让它接近圆形。

2. 将纸巾撕碎。

3. 在气球表面涂上白胶,然后将纸巾碎片逐一贴在气球表面。

4. 把纸巾气球放在纸碗上并将其固定,可以在上面多贴一些碎纸,具体纸巾层数视纸巾厚度而定,直到包裹住整个气球表面。

5. 在"月球"表面用蘸水的刷子刷一遍,确保纸巾都能紧紧贴合在气球表面上,然后等待纸壳干透。

6. 用纸巾蘸取颜料,在纸壳表面轻轻擦拭,画出月亮表面纹理的效果。

7. 用剪刀在纸壳上剪一个洞,取出气球。保证洞口大小可以放进手电筒。

8. 将手电筒打开,让光线照入纸壳"月球"里。

完成!

今晚月亮来陪我睡觉啦!

舟夜书所见

清·查慎行

月黑见渔灯，
孤光一点萤。
微微风簇浪，
散作满河星。

译文：没有月光的黑夜，河上只能看到渔船上的一盏渔灯，像萤火虫一样发出微弱的光亮。微风吹起了层层波浪，渔灯微光的倒影也随着波浪散开，好像是天上的星星落满了河面。

渔灯是什么？

晚上，渔民们会把渔灯挂在船头，有了渔灯，在捕鱼时河里有没有鱼，一下子就能看清楚啦！渔灯还能吸引鱼儿，让渔民大获丰收！

鱼群被灯光吸引过来了，快撒网！

渔灯节

小小的渔灯也有自己的节日哟！渔灯节是从传统的元宵节中分化而来的，已有500多年的历史。

渔灯节现已成为国家级非物质文化遗产，目前主要是以山东烟台及蓬莱沿海渔家文化为典型代表，流传于该辖区内的十几个渔村。

孤光一点萤

gū guāng yì diǎn yíng

一盏小小的渔灯，在漆黑的夜晚，发出微弱的光芒，就像萤火虫一样。

鱼儿们都被那里的光吸引走了！

鱼儿为什么被吸引？

聪明的渔民发现，一些生活在浅层水域的鱼类晚上对光线非常敏感，这是鱼类的趋光性。如某些水生生物在光的刺激下所产生的移动反应，这是由遗传物质决定的，是动物的本能。于是渔民利用灯光引诱鱼类，使鱼聚集到事先设置好的围网中。

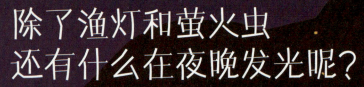

除了渔灯和萤火虫
还有什么在夜晚发光呢？

发挥你的想象力，把你能想到的
东西都写下来吧！

月光！

星光！

萤光！

自己带灯出门的萤火虫！

在夜间远观一群萤火虫，就好像一个个悬浮在空中的小灯泡。这是因为萤火虫的腹部有数千个含有荧光素和荧光酵素的发光细胞。当萤火虫呼吸时，氧气进入这些细胞，和发光物质产生化学反应，从而发出微光。

它的光好漂亮！好想去和他交个朋友！

敌人看到我的光会很害怕，不敢接近我！

翅膀

萤火虫有两对翅膀，前翅较硬，可以保护后翅，而飞行主要靠后翅。

"灯泡"

萤火虫的这些"灯泡"不只是为了照明，主要是为了发送信号，如：求偶、警戒、诱捕；萤火虫通过发出亮光的方式进行交流。

哼！不公平。

你知道吗？

大约60000只萤火虫发出的光　＝　一个40瓦的白炽灯的亮度

做一盏属于你自己的小"渔灯"

把它挂在你的床头,有微弱的灯光伴着你入睡,
就不会害怕咯!

准备材料:

带开关和电池的LED
灯条一串。

彩色电工胶带。

1

试一试开关,确认灯泡
是否可以正常打开。

在灯泡上分别粘上
不同颜色的胶带。

2

3

打开灯看一看效果吧!

把做好的灯串放进透明罐子里,你专属的小"渔灯"就做好了!

DOWEL东幻创作中心简介：

传统和文化的传承，从娃娃开始。

然而中国传统文化博大精深，如何让低龄段的
孩子也能真正理解并喜爱？

DOWEL东幻创作中心的设立，就源于此。

我们认为怎么开始很重要：

要遵循孩子认知能力的发展规律，从他们的视角出发，
用与时俱进的呈现方式，
和孩子一起了解中国传统文化。

DOWEL 核心成员：

梁立峰　潘薇亦　王民瑜　郭骅　刘筱悦　梁凯舟